AF503857

LAURIERS
CIVILS ET RELIGIEUX

POÉSIES

PAR AUGUSTE BEAUMONT
(de Versailles).

. . . épique ou badin, mon vers précipité
Chantera toujours Dieu, l'amour, la liberté.
H. MOREAU.

1RE LIVRAISON

CONTENANT :

Le Chevalier de Jouvencel, *poème*,
La Patrie, *traduction de Métastase*,
Epître au Prince LOUIS-NAPOLÉON *(Août 1846)*,
La Sœur de Charité, *poème*,
A la Sœur Joséphine,
Miscellanea.

Paris.
LEDOYEN, Libraire-Editeur, Palais-Royal.
1852.

LAURIERS

CIVILS ET RELIGIEUX

Poésies

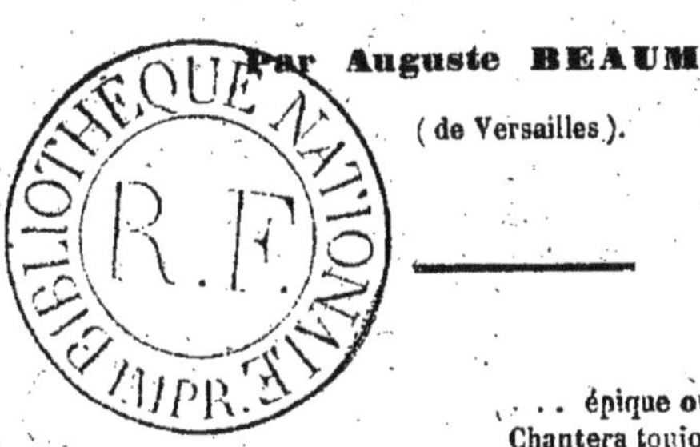

Par Auguste BEAUMONT
(de Versailles).

. . . . épique ou badin, mon vers précipité
Chantera toujours Dieu, l'amour, la liberté.
H. Moreau.

PARIS.

LEDOYEN, Libraire-Editeur, Palais-Royal.

1852.

Ye 15123

Le Chevalier de Jouvencel.

AU DÉPARTEMENT DE SEINE-ET-OISE.

Tum pietate gravem ac meritis si fortè virum quem
Conspexêre, silent.....

VIRGILE, *Enéide*, liv. I.

Si par hasard des séditieux aperçoivent quelque homme grave, recommandable par son génie et sa vertu, soudain ils s'apaisent.....

I.

Exilé dès long-temps sur la terre bretonne,
Là votre souvenir jamais ne m'abandonne,
O mes concitoyens ! et rêveur j'ai pour vous
A l'écho dit ces vers que je voudrais plus doux.
Je voulais projeter, dans un tableau fidèle,
L'image du héros que j'ai pris pour modèle,
Peindre le grand courage et les hautes vertus
Qui font de Jouvencel notre Cincinnatus !
Puissé-je avoir rendu cette noble figure !
Si ces modestes vers en sont bien la gravure,
Dans vos cœurs généreux elle s'encadrera ;
Et ma reconnaissance, avec elle, vivra !
Oh ! j'ai du Grand-Commun bien chère souvenance !
De son humble lycée, ouvert à mon enfance,
Je bénirai toujours les pieux fondateurs. —
Juillet, en vous aussi, me donna des tuteurs ;

Il créa dans Versaille une école normale :
J'y puisai, grâce à vous, et science et morale.
Armé de ces rayons, comme du rameau d'or,
De l'enfer du malheur je pus prendre l'essor ;
Des siècles écoulés, de la sphère infinie,
Recueillir les leçons, méditer l'harmonie.
Et mon âme aspira vers le beau, vers le bien ;
Et l'ombre de Ducis fut mon ange gardien !
Dans mon cœur s'alluma le feu de son délire ;
A vous donc aujourd'hui le tribut de ma lyre,
A vous, à Jouvencel, aux hommes bienfaisants ;
Que ne puis-je, en retour de ses divins présents,
Offrir à ce héros un moins fragile hommage !
Oh ! l'airain pour jamais nous rendra son image !

II.

A l'horloge des temps un siècle allait finir,
Lorsqu'envoyé du ciel nous le vîmes venir
Ce philanthrope aimé, dont le cœur magnanime
Devait, vingt ans plus tard, par un élan sublime
Nous sauver, Versaillais ! nous et notre cité,
Du fléau de la guerre et de l'adversité.
Instruit, laborieux, long-temps cet homme antique
Recouvra les deniers de la dette publique ;
Mais son amour des champs porta le receveur
De la ville au village, et le fit laboureur.
L'homme de bien, toujours amant de la nature,
Trouve tant de bonheur au sein de la culture !
Il est si beau, si grand d'admirer au réveil
Le tableau des moissons que dore le soleil ;
De s'allier à lui pour féconder la terre,
Et d'élever vers Dieu son âme tout entière !

Habitant un hameau dont les fils à jamais
Béniront sa mémoire en disant ses bienfaits,
Jouvencel au sillon confiait la semence,
Quand l'estime publique investit sa prudence
Du sceptre communal. Digne autant qu'honoré
Par l'hommage flatteur de ce dépôt sacré,
Il quitte sa famille et ses champs, il s'oublie
Et consacre ses jours aux soins de la mairie.
Tel fut jadis, dans Rome, au pouvoir élevé
Un homme vertueux, à ses champs enlevé.
Bienveillante pour tous, active et salutaire,
L'administration devint celle d'un père.
Sous le poids écrasant de ruineux impôts
La France gémissait ; l'artisan, sans travaux
Et réduit aux abois, murmurait dans la ville.
A combien d'habitants son bon cœur fut utile !
Quelle sollicitude envers les malheureux !
Sur le pauvre toujours il arrêtait les yeux :
Pour l'instruire et l'aider on sait sa vigilance,
Et les nombreux bienfaits dont il dota l'enfance.

Le grand homme, à Leipsick, avait vu s'épaissir
Un immense nuage au ciel de l'avenir ;
Et déjà son étoile, au déclin de sa route,
Gravitait pâlissante à la céleste voûte.

Tous les rois ont juré la perte du géant ;
Ils veulent l'enchaîner au sein de l'Océan !
Mais s'il doit succomber il sauvera sa gloire,
Et la trahison seule obtiendra la victoire.

Et voilà que l'Europe, affluant sur Paris,
Inonde ses chemins de sang et de débris ;

Que de vingt nations les esclaves cohortes
Environnent ses murs, en assiègent les portes.

Quel concours de guerriers affrontant le trépas !
Quoi ! le vieux monde encor de tuer n'est point las !
En l'honneur de dix rois cruels et sanguinaires,
Dieu verra-t-il toujours s'entr'égorger des frères ?...

Mais la terre a tremblé sous un tonnerre humain ;
Mille bouches à feu, dont la grêle d'airain
Court moissonner les rangs, semer des funérailles,
Par leurs grondants échos ont alarmé Versailles.
La ville est au pouvoir de bataillons nombreux,
Campés hors de ses murs, et doit tout craindre d'eux ;
Sa garnison pourtant n'a plus rien qui l'arrête,
Et, comme on voit soudain éclater la tempête,
Elle va s'élancer sur les corps prussiens ;
Chacun des chefs bientôt a disposé les siens,
Tous ils sont animés d'une rage cruelle,
Et déjà les canons aspirent l'étincelle.
Les dangers, les périls, en ce moment fatal,
Sont des plus imminents, et l'effroi général ;
Mais Jouvencel accourt : l'écharpe tricolore
Le revêt, un ruban sur son sein le décore.
« Arrêtez ! arrêtez ! guerriers trop valeureux,
« Epargnez au pays votre sang généreux,
« Attendez, pour mourir, qu'un ordre vous l'impose,
« Paris va décider du sort de notre cause ;
« Ne livrez point la ville à l'horreur d'un combat,
« En sauvant la cité vous servirez l'Etat ! »
Il dit, et tous les chefs déposent l'offensive ;
Mais parmi nos soldats il reçoit l'invective,

L'outrage et la menace : on le dit suborneur,
Traître à la Nation, et traître à l'Empereur !!!
Lui, parjure ! lui, traître ! Ah ! quel affreux blasphème !...
Mais Jouvencel est grand et le péril extrême,
Il pardonne, il s'oublie au fort de la terreur,
Ne craint que nos dangers, n'écoute que son cœur,
Et d'un front impassible il supporte l'orage :
Voulant nous préserver que ne peut son courage ?
Aux dépens de ses jours heureux d'y parvenir,
Il les harangue encore et veut les contenir.
Sa dignité, son âge et sa ferme assurance
Désarment la fureur, font rougir l'insolence ;
Un civisme si pur et ses nobles discours
Suspendent la révolte, en arrêtent le cours ;
Le soldat détrompé reprend sa discipline,
Et Versailles sauvé ne craint plus sa ruine !
Ainsi l'Athénien vainqueur du roi Xercès,
D'Eurybiade envers lui pardonnant les excès,
Sous le coup d'un bâton oubliant qu'on l'outrage,
Préserva son pays des horreurs du carnage. —
Jouvencel recueillit là de bien beaux lauriers !
Et tous les Versaillais, ainsi que nos guerriers,
Souscrivirent du cœur le placard anonyme
Qui parut à sa gloire en ce moment sublime.
Heureux le magistrat gardien d'une cité,
Qui de ses habitants a si bien mérité !

III.

Nous sommes aux Cent-Jours : les troupes étrangères,
Comme un fleuve ses bords, ont franchi nos frontières.
Armés en guérillas, d'imprudents citoyens
Ont fait feu, dans nos murs, sur les rangs prussiens.

Blücher est furieux : pour venger cet outrage,
La ville doit subir *deux heures de pillage !...*
Lorsqu'un tigre affamé, que poursuit le chasseur,
D'un trait se sent blessé, redoublant de fureur,
Soudain il se retourne, atteint le téméraire,
Et ses membres sanglants bientôt jonchent la terre.
Ainsi les preux Germains, avec férocité,
Vont se ruer sur nous et brûler la cité.
Déjà, de rang en rang, la mort sur sa cavale
Exalte leurs esprits pour cette œuvre infernale;
Ils savourent déjà leur immense festin
De viols, d'incendie et de riche butin;
Le glaive est aiguisé, partout la torche est prête :
Une affreuse clameur demande enfin la fête !
Ainsi l'anthropophage, autour d'un guerrier mort,
Réclame les lambeaux que lui donne le sort,
Témoigne par ses cris de son horrible joie,
Et danse, frénétique, en attendant sa proie.
Cependant Jouvencel, aux champs de Chevincourt,
Reçut nos envoyés; avec eux il accourt;
Et tandis que pour nous il veille à la mairie,
Son domaine est pillé, sa ruine accomplie !
Mais de nos seuls périls ce grand cœur a frémi.
Hélas ! comment calmer un barbare ennemi ?
Anxieux, il médite : un bon ange l'inspire,
Et bientôt sur son front l'espérance respire.
Au milieu des soldats il s'avance, il se rend
Au grand conseil de guerre, et là seul nous défend.
De nos fiers tirailleurs on demande la vie;
Il refuse leurs noms, plaide avec énergie.
« Périssez donc pour eux ! Et que votre cité
« Subisse un châtiment qu'elle a trop mérité,

« S'écrie alors Blücher, c'est à nous la vengeance,
« Vous êtes les vaincus ; souffrez la violence !... »
A ces mots, dévoilant un sublime dessein,
Jouvencel se dévoue et découvrant son sein :
« Je suis prêt, lui dit-il, usez de représailles,
« Tuez-moi, vengez-vous; mais respectez Versailles !!! »
Ainsi les Décius à jamais glorieux
Se dévouaient pour Rome au courroux des faux Dieux;
Tels on voit de nos jours des martyrs patriotes,
Pour leurs frères braver le bourreau des despotes.
Un zèle si touchant, à l'heure du danger,
Ebranle le conseil du stratége étranger ;
Mais lui, comme sa troupe enivrée et sauvage,
Au sang des citoyens veut assouvir sa rage.
La ville, désarmée, en proie à la terreur,
Produira, s'il le faut, des trésors au vainqueur ;
Mais le sang réclamé ?... Fulminant l'anathème,
Calchas, prêt à frapper, l'exige à l'instant même !...
Tout-à-coup le vent siffle, et du ciel obscurci
S'élancent des éclairs dont chacun est saisi ;
Bientôt avec fracas et menaçant la terre,
D'un lointain horizon s'avance le tonnerre.
Au-dessus de sa tête en l'entendant gronder,
L'homicide Blücher semble l'appréhender ;
Il ouvre en ce moment un officiel message
Dont la teneur sinistre ajoute à ce présage ;
De son état-major il recueille les voix,
Toutes pour Jouvencel opinent à la fois !
Les Dieux sont avec lui ! pense-t-il en son âme ;
Et d'un signe il éteint et le glaive et la flamme !...
Blücher cède à regret, pressé de toutes parts,
Car la fureur encor se lit dans ses regards ;

Malheur autour de lui ! quand ce courroux l'anime,
Toujours pour l'apaiser il faut quelque victime !
Aux vents il faut ainsi des forêts, des vaisseaux,
Des temples à la foudre, à l'aigle des troupeaux.
Le soldat ennemi, qui frémissait de joie,
Mugit quand du pillage on lui ravit la proie;
Plein du ressentiment de sa déception,
Il maudit Jouvencel et sa grande action;
Mais il n'ose frapper ce mortel vénérable
Qui ne craint plus alors leur glaive redoutable;
Quand nous sommes sauvés Jouvencel peut mourir :
La ville entière est là, debout pour le bénir !...

IV.

Oh ! la mort vint souvent l'attaquer sur sa route;
Mais de puissants esprits le protégeaient sans doute;
Car ce grand citoyen, maintenant endormi,
Vingt fois pour nous brava le feu de l'ennemi.
C'était le sabre au poing, la menace à la bouche,
Qu'au Maire s'adressait cet ennemi farouche,
Exaspéré surtout que le brave Excelmans,
A Versaille eût détruit deux de ses régiments;
Mais Jouvencel restait, quand l'épée assassine,
Le pistolet armé menaçaient sa poitrine,
Inébranlable et sourd aux réquisitions,
Comme Boissy-d'Anglas devant les factions.
Un jour, la ville encore était pleine d'alarmes;
Le sol retentissait du morne bruit des armes :
Des Prussiens pillards veulent des habitants,
Par son ordre, exiger des tributs révoltants;
Outrés de ses refus, non loin de la mairie
Ils lui montrent sa fosse, il va perdre la vie,

Lorsqu'un jeune officier, devant lui bondissant,
De son corps vient lui faire un rempart tout-puissant.
L'étonnement alors domine la colère,
Des fusils relevés la crosse tombe à terre,
Et du libérateur en cercle s'approchant,
Les soldats sont vaincus par ce récit touchant :
« L'an passé, leur dit-il, prisonnier de la France,
« Je traversais la ville, épuisé de souffrance,
« Les pieds ensanglantés, sans vêtements, sans pain...
« Cet homme fut pour moi le bon Samaritain !
« Aujourd'hui, Dieu permet, à l'instant qu'il succombe,
« Que je vienne à mon tour le ravir à la tombe !... »

V.

O mes concitoyens ! si de l'antiquité
Tant d'hommes, demi-dieux, à la postérité
S'en vont; si son histoire en grandiose abonde,
C'est que la gloire alors était la foi du monde !
Cette religion sublime existe encor ;
Mais depuis que Satan nous fit un dieu de l'or,
Qu'il définit la gloire : « une vaine fumée »,
La porte de son temple est bien souvent fermée !
Au lieu de s'illustrer à force de grandeur,
L'ambitieux intrigue et perd toute pudeur ;
Des beaux-arts, de l'honneur les fervents tributaires
Expirent ignorés sous leurs toits solitaires ;
Et, reniant ses dieux, plus d'un littérateur
Trahit la vérité dans un journal menteur ;
Car la cupidité, comme une onde infernale,
Envahit chaque jour la publique morale ;
Et la Patrie, hélas ! peut-être dans ses bras,
Pour la trahir encore élève des Judas !

Oh ! l'affreux égoïsme est le poison qui mine
Un grand corps social, au tombeau l'achemine !...
Combattons-le du moins, ce fléau désastreux,
En suivant de nos cœurs les élans généreux,
En faisant à nos fils bénir notre mémoire,
En léguant, s'il se peut, quelque exemple à l'histoire !
Exaltons aujourd'hui, non plus le conquérant,
Mais l'homme de génie et l'homme bienfaisant ;
Honorons à jamais quiconque en nos alarmes
Prévient le cours du sang, l'effusion des larmes...
Des jours où Jouvencel fut si grand par le cœur,
Qu'un pieux souvenir de l'oubli soit vainqueur ;
Ce vœu fut unanime au jour de délivrance,
Et proclamé bien haut par la reconnaissance.
Depuis, trente-sept ans ont passé, citoyens !
Et celui qui sauva notre vie et nos biens
N'a pas un monument sur nos places publiques,
Qui rappelle ses traits et ses exploits civiques !
Et pourtant ce héros eut toutes les vertus,
Dans un siècle vénal qui n'en professe plus ;
Et pourtant, lui, gardien de son indépendance,
Il vota le progrès et l'honneur de la France ;
Et pourtant il aima, servit l'instituteur,
Comme il avait aimé, servi l'agriculteur ;
Et pourtant il vieillit sans cesser d'être utile,
Comme vieillit la terre en demeurant fertile ;
Et, comme un bon génie acquis aux Versaillais,
Il répandit sur eux, quarante ans, ses bienfaits !...
Quoi ! les rois ennemis qu'étonna son courage,
Lui firent de leurs croix un éclatant hommage,
Et nous ne ferons rien de plus que l'ennemi ?...
Oh ! nous acquitterons notre dette envers lui !

Car si l'homme est ingrat, point ne le sont les villes :
Les Etats crouleraient sans les vertus civiles !
Et s'il punit parfois les prévaricateurs,
Le peuple est toujours juste envers ses bienfaiteurs.
En mémoire des jours où grondaient ces tempêtes,
Un jour doit se lever radieux sur nos têtes,
Où nous accomplirons le vœu si solennel,
D'une statue au grand, au pieux Jouvencel.
Ainsi des nautoniers qu'épouvanta l'orage,
Mais que le Dieu des mers préserva du naufrage,
Viennent fidèlement, à l'autel du saint lieu,
Déposer leur offrande en l'honneur de ce Dieu.
Et ce jour-là du moins rapprochera les âmes,
Des haines de partis il éteindra les flammes,
Et tous comme un seul cœur dicteront ce quatrain,
Qu'un vieillard versaillais inscrira sur l'airain :
« Vertueux, bienfaisant, sublime en son courage,
« Jouvencel mérita notre éternel hommage ;
« Il sauva notre vie et sauva la cité :
« Qu'avec honneur son nom soit à jamais cité ! »
Et, mariant le chêne au laurier populaire,
Nous en couronnerons ce héros tutélaire.
Jouvencel dans sa tombe alors tressaillera :
Son ombre avec amour vers nous voltigera.
Quand sur son piédestal nous le verrons paraître,
Lui-même, à nos regards, il semblera renaître
Encore tout couvert des teintes du tombeau !
Emus à son aspect, au spectacle si beau
D'un peuple tout entier acclamant son image,
Nous verrons s'animer son placide visage,
Et son œil bienveillant, son paternel souris,
Accueillir les vivats de nos cœurs attendris.

Et ce jour sera cher aux âmes généreuses
Pour qui des ravageurs les palmes sont affreuses;
Et les penseurs verront dans notre piété,
Un gage d'avenir pour la société;
Et le ciel bénira notre œuvre sur la terre,
Car il aime les fils glorifiant leur père !

VI.

Dans la nuit qui suivra cette solennité,
Les ombres des héros qu'honore la cité
S'entretiendront ensemble, heureuses d'être aimées,
De voir chez les vivants fleurir leurs renommées;
Et d'un pas sans échos, à la lueur des cieux,
Elles visiteront nos murs silencieux;
Elles iront revoir leurs foyers de famille
Et leurs anciens amis, à travers porte ou grille.
Se fixant désormais aux lieux qui leur sont chers,
Nos bocages l'été, nos toîts dans les hivers,
Leur offriront toujours d'agréables asiles,
De bien doux souvenirs et des bonheurs tranquilles.
Et ce conseil d'esprits, invisible à nos yeux,
Nous environnera de soins mystérieux; —
Car les ombres d'élite aux lieux de leur présence,
Sur nos destins divers ont certaine influence; —
Dans nos futurs dangers il nous inspirera;
Et sur nos descendants encore il veillera !...
O bienheureux esprits ! soyez-nous de bons anges !
Et la nuit, jouissez de ces concerts étranges,
Trop sublimes pour nous, qui s'élèvent parfois
Du merveilleux Olympe où résidaient nos rois !

NOTES.

Page 3, vers 15.

Je bénirai toujours les pieux fondateurs

Le chevalier de Jouvencel se mit à la tête des généreux citoyens qui, en 1819, fondèrent au Grand-Commun cette école gratuite d'enseignement mutuel, et qui la soutinrent, envers et contre tous, jusqu'en 1830, époque où l'administration municipale elle-même en prit la direction. Les élèves y affluaient non seulement des extrémités de la ville, mais encore des campagnes environnantes. On y venait de St-Cyr, de Buc, de Viroflay, de Glatigny, etc. Une foule de sujets distingués sont sortis de cette école; et nous pourrions en citer un grand nombre qui figurent aujourd'hui, avec honneur, tant dans l'industrie, le commerce et l'armée, que dans les professions libérales les plus élevées.

Page 4, vers 2.

J'y puisai, grâce à vous, et science et morale.

L'auteur fut admis à cette école, après concours, à titre d'élève boursier du département de Seine-et-Oise.

Page 4, vers 16.

Lorsqu'envoyé du ciel nous le vîmes venir

Blaise-François-Aldegonde de Jouvencel naquit à Lyon en 1762, d'une famille anoblie par l'échevinage, et mourut à Paris le 4 juin 1840. C'est en 1795 qu'il vint se fixer à Versailles.

Page 5, vers 3.

Jouvencel au sillon confiait la semence,

Cultivant par lui-même son domaine de Chevincourt, il devint, en 1803, membre de la Société d'agriculture de Seine-et-Oise, qu'il présida en 1813. Voir, pour le détail de ses utiles travaux agricoles, les Mémoires qu'il a successivement publiés, ou sa Biographie, par M. Godard de Saponay, imprimée à Paris, 1, rue d'Erfurt, chez Schneider et Langrand.

Page 6, vers 22.

.... un ruban sur son sein le décore.

L'ordre de la Réunion, institué par Napoléon pour consacrer la réunion de la Hollande à la France, et qui fut supprimé en 1815.

Page 7, vers 23.

Souscrivirent du cœur le placard anonyme

Il était ainsi conçu :

HOMMAGE A M. LE MAIRE DE LA VILLE DE VERSAILLES.

« Mille grâces soient rendues au Magistrat vertueux qui, alliant « la fermeté à la sagesse et à la modération, est parvenu à délivrer « notre ville et nos personnes du plus grand danger qu'elles aient « peut-être jamais couru !

« QUE LE SOUVENIR EN PASSE A NOS NEVEUX ! Il a offert sa vie « pour nous sauver : jurons de seconder son courage aux dépens de « la nôtre ! »

Page 8, vers 20.

Reçut nos envoyés ; avec eux il accourt ;

« Je ne vous demande qu'une heure, » répondit-il à la députation qui vint le chercher et l'investir une seconde fois des fonctions de maire, « et je cours partager vos dangers. »

Page 9, vers 1.

« S'écrie alors Blücher, c'est à nous la vengeance ;

C'est ce général atrabilaire qui voulut faire sauter les ponts d'Iéna et d'Austerlitz, et qui tenta d'abattre la colonne de la Grande-Armée. L'histoire lui reproche aussi d'avoir livré la ville libre de Lubeck aux calamités de la guerre.

Page 11, vers 1.

Lorsqu'un jeune officier, devant lui bondissant,

Il se nommait Delerche.

Page 12, vers 21.

Et pourtant, lui, gardien de son indépendance,

De 1821 à 1839, il fut presque constamment à la Chambre des Députés l'un des représentants de Seine-et-Oise. Sous la Restauration, il siégeait au centre gauche, et signa la protestation de la gauche contre l'expulsion de Manuel. En 1822, il défendit vigoureusement la liberté de la presse, à la tribune ; en 1833, il proposa et fit adopter plusieurs amendements à la loi sur l'enseignement élémentaire. Excessivement jaloux de son indépendance, le chevalier de Jouvencel ne demanda de faveurs, ne donna de gage à aucun ministère : l'esprit de progrès, l'honneur, l'intérêt national inspirèrent toujours ses votes. Comme député, c'était un de ces hommes pratiques dont la sagesse, l'expérience et les vues généreuses prévalent souvent, dans les bureaux de nos assemblées, sur l'éloquence des orateurs.

Page 14, vers 8.

Les ombres des héros qu'honore la cité

Hoche, l'abbé de l'Epée et Jouvencel, dans l'hypothèse de l'auteur.

La Patrie.

(Traduction libre de Métastase)

A mon vieil ami, Charles Tourillon.

I.

La Patrie est un dieu pour toute âme bien née,
Après le Dieu du ciel dont elle est émanée ;
Et jamais prolétaire ou fier patricien
Ne sert d'autre intérêt, sans crime, que le sien.
Quand, armé pour ses droits, chacun d'eux avec zèle
Court prodiguer son sang et ses sueurs pour elle,
Il ne lui donne rien ; car elle le conçut ;
L'éleva, l'instruisit : il rend ce qu'il reçut.
Sa justice le couvre et punit qui l'outrage ;
Sa redoutable armée, invincible en courage,
Le défend du fléau, des fers de l'étranger.
Ses fils tous ont un nom, un rang, leur part de gloire ;
Elle a pour leurs vertus des palmes, une histoire,
Et sait les honorer autant que les venger.

Pleine de vigilance et de sollicitude,
Leurs progrès, leur bonheur est sa féconde étude ;
Et cette mère aimante, en leurs destins divers,
Les protége et les suit partout dans l'univers...
Tels sont du citoyen les dons, les sacrifices ;
Qui renonce au fardeau, renonce aux bénéfices,
Et va du fond des bois habiter les abris ;
Là, vêtu de haillons et d'ignobles débris,
Entouré d'animaux, vivant à leur manière,
Il est libre, content et seul dans sa tanière !

II.

Poète harmonieux, Racine italien,
Métastase, on le voit, portait un cœur antique ;
Il était, bien que roi de la scène lyrique,
Comme le grand Corneille, avant tout, citoyen.
La Mort crut, en voyant ces deux ames romaines,
Avoir fait un oubli dans ses moissons humaines !...
Et la Mort, maintenant, doit mourir avant eux ;
Car ils ne succombaient que pour revivre aux cieux,
Ces chantres qu'inspira l'amour de la patrie !
Couronnés à jamais des lauriers du génie,
Inondés de bonheur, mêlés aux Séraphins,
Ils remplissent le ciel de leurs concerts divins !...

Épître

AU PRINCE LOUIS-NAPOLÉON BONAPARTE.

(Août 1846.)

I.

O toi, noble proscrit orphelin de la gloire,
Dont le grand cœur aspire aux palmes de l'histoire,
Et le nom prononcé soulage les cœurs fiers,
Blessés de voir la France asservie aux pervers ;
Toi, dont les mûrs talents, la bravoure héroïque,
La serviraient si bien, Empire ou République,
Louis-Napoléon ! reçois d'un chantre obscur,
Courtisan du malheur, cet hommage humble et pur.

Serviteur du géant qui fit reine la France,
Mon père l'adorait ; dès ma plus tendre enfance
J'appris à l'honorer, à bénir en mon cœur,
L'impérissable nom du sublime Empereur ;
Et mes deux jeunes fils, — puisse Dieu le permettre ! —
Un jour en te servant, le serviront peut-être !...
Car aux Français trahis, il faut un autre roi
Que le Peuple et l'Armée aiment à voir en toi ;

Et leur pressentiment, leur intime croyance
Est que Dieu t'enverra régénérer la France !
Mais avant que sur elle un astre radieux
Se lève, précurseur de destins glorieux,
Dans la nuit de l'opprobre où le crime la plonge,
Il faut que sa misère encore se prolonge ;
Que ses vils corrupteurs, par un dernier affront,
Fassent monter le sang de son cœur à son front ;
Et que s'armant soudain pour un terrible exemple,
Elle chasse, elle aussi, les vendeurs de son temple !

Va, le soleil vengeur surgira dans les cieux ;
Et sa lumière sainte est promise à nos yeux.
Mais tout élu du ciel, pour gouverner en sage,
Doit de l'adversité faire l'apprentissage ;
Patience, donc, Prince ! et résignation.
Tes malheurs t'ont rendu cher à la nation ;
Certain d'être aimé d'elle, en exil sache attendre
Que l'appel du canon vienne s'y faire entendre :
Il ne saurait tarder désormais bien long-temps !
Sans doute tu gémis déjà depuis trente ans ;
Mais la félicité que te garde la France
Te rendra chère un jour cette longue souffrance !

II.

Sur le seuil de la vie et de l'éternité,
A cette heure suprême où la divinité,
Parfois, accorde à l'homme une raison sublime,
Ton Père a du Destin sondé le vaste abîme,
Et pressenti qu'un jour d'héroïques efforts
Te conduiraient au trône à travers mille morts ;

Et voulant seconder ta généreuse flamme,
D'un rayon sympathique électriser ton âme,
Il te lègue, en mourant, les débris glorieux
Qu'a touchés l'Empereur ou que voyaient ses yeux,
A l'île Sainte Hélène; et d'amour, de tendresse,
Dans son beau testament, il te comble, il te presse...
Ah ! comment y songer sans vive émotion,
Prisonnier, tu n'eus point sa bénédiction !...
Insensés ! ils ont craint que ton illustre Père,
Ne te dît pour adieu ce mot divin : « Espère ! »
Mais Dieu les a punis; leur vaine cruauté
T'a valu bien des cœurs avec la liberté !

III.

Oh ! vienne le grand jour de ton avènement !...
Tu ne seras pas, toi, parjure à ton serment;
Et nos jeunes soldats que la valeur inspire,
Au sentier de l'honneur tu sauras les conduire,
S'il nous faut repousser l'agression des rois !
Sans rêver de conquête au-delà de nos droits,
Tu voudras protéger nos alliés fidèles,
Les peuples opprimés, ces sublimes rebelles,
Et rendre au nom français la hauteur de son rang;
Tu seras juste, humain, vrai progressiste et grand;
Et nos chantres fameux exalteront ta gloire,
Et nos derniers neveux béniront ta mémoire !

AUX SAVANTS

O vous qui gravissez les monts de la science,
Et qui vers l'inconnu projetez vos lueurs,
Vous êtes pour le monde une autre providence :
L'humanité toujours vous rendra des honneurs.

La Soeur de Charité.

A LA SŒUR NOVICE S.t-AMBROISE.

> Il faut être pauvre, malade, ou résumer comme poète ces deux positions sociales, pour comprendre la Sœur de Charité.
>
> L. Roux.

I.

Par un destin fatal... et pourtant si propice !
Tombé meurtri, sanglant au sein de cet hospice ;
Jeune, mais sans espoir et lassé de souffrir,
Oublieux du Seigneur, j'aspirais à mourir ;
Lorsqu'un ange, une Sœur attendrie et tremblante,
Fit tressaillir mon être à sa voix consolante,
Rasséréna mon âme et rendit sain mon corps...
Je voudrais que ma lyre eût pour vous des accords.
Je voudrais exprimer combien je vous admire,
Combien vos durs labeurs vous sont doux par la foi ;

Je voudrais proclamer que tout en vous inspire
Et ramène au Seigneur le rebelle à sa loi.

II.

Quand sur la terre une Sœur prend le voile,
Les malheureux ont de plus une étoile.
L'archange au ciel assemble les élus,
Pour célébrer un triomphe de plus.
De son trône d'azur le Seigneur les contemple ;
Mais alors ses regards descendent vers le temple,
Et sur la vierge élue il repose les yeux,
Pour empreindre son front de la marque des cieux.

Des Chrétiens assemblés l'harmonieux cantique
S'élève avec l'encens, répond aux chants du ciel ;
Des aumônes de Dieu messagère mystique,
La Sœur est prosternée au pied de son autel.
S'unissant au Seigneur en secret qui l'anime,
Elle reçoit alors la mission sublime
De veiller, toujours sainte, au chevet du malheur ;
Et bientôt elle vole au toit de la douleur.
Ainsi les chevaliers fervents du moyen-âge,
Affrontant les périls d'un long pèlerinage,
Dès qu'ils étaient armés se mettaient en chemin,
Combattant pour la veuve et le pauvre orphelin !

III.

Hélas ! la mort trop tôt frappe toujours les pères,
Et le monde est toujours accablé de misères !
De la moisson qu'il fait, des trésors qu'il produit,
Que reste-t-il au peuple en son triste réduit,

Quand du travail, l'hiver, la source est engourdie ?
Il lui reste la faim, la mort s'il ne mendie !
Tant que l'atelier s'ouvre à son activité,
Comme les noirs colons il se voit exploité;
La folle concurrence et la griffe usuraire
A la plus mince obole ont réduit son salaire;
Et le soir, c'est à peine en rentrant au logis,
S'il peut à sa famille apporter un pain bis.
Aux plus rudes labeurs asservi sans relâche,
Sans défaillir encor s'il fournissait sa tâche!
Mais hélas! les chagrins, tant d'efforts généreux,
D'insalubres foyers, un dénûment affreux,
Ont bientôt énervé, détruit la force humaine;
Chaque jour, par milliers, l'industrie inhumaine,
De ses fils torturés comble les hôpitaux;
Là, soldats et marins aussi portent leurs maux.

IV.

Image du Sauveur près du paralytique,
La Sœur aux traits divins, à l'âme évangélique,
De tant de malheureux vient calmer la douleur,
Et partager entre eux les trésors de son cœur.
Sans regrets du bonheur qu'elle laisse en arrière,
Elle vient dans leur nuit projeter sa lumière,
Etouffant en son sein les soupirs de l'amour,
Renonçant à l'espoir d'être aussi mère un jour.
Dans sa cellule encor, peut-être, sa pensée
D'un souvenir du monde est parfois traversée;
Mais ce doux souvenir, lumière au loin qui fuit,
De plus en plus s'efface, enfin s'évanouit!

Pour votre ange, Seigneur! que d'angoisse et d'alarmes,
En ces lieux désolés, pleins de cris et de larmes,

Où son âme s'épuise à rendre la santé !
Guérir, sauver un frère est sa félicité,
Mais hélas ! elle voit sans cesse l'agonie,
Au malade arracher les restes de la vie ;
Et tous ceux qu'au trépas sa main n'a pu ravir,
Triste devoir, sa main doit les ensevelir !

Un mur d'airain s'élève entre elle et la nature :
Du printemps, à ses yeux, il cache la parure,
Intercepte les bruits de la ville et des vents,
Et la sépare ainsi du reste des vivants.
A servir l'homme et Dieu, là, libre prisonnière,
Debout avant l'aurore et la nuit en prière,
Au sein d'un hôpital qui devient son cercueil,
La Sœur de Charité n'a que des jours de deuil !

Comment donc une femme et si jeune et si frêle,
A force de vertu, si haut s'élève-t-elle ?
Quel invisible appui peut donc la soutenir,
Sous un si lourd fardeau l'empêcher de fléchir ?
Ah ! sans doute la foi, la divine espérance,
De ce cœur embrasé secondent la puissance,
Comme dans un combat l'armure du guerrier
Le rend moins accessible au glaive meurtrier ;
Comme des vents amis, de propices étoiles,
Sont en aide au nocher quand la nuit tend ses voiles !...

Par l'amour et la foi seuls, les humains sont grands :
Prophètes et bons rois, artistes et savants,
Tous ces hommes d'élite en qui Dieu se révèle,
Doivent à ces vertus leur palme la plus belle.

Quand le ciel ici-bas les unit dans un cœur,
De toute grande épreuve il doit sortir vainqueur.
Et quand avec la foi, celle qui sauve l'âme,
L'ardente charité brûle au cœur d'une femme,
Le monde voit alors comme au temps d'Israël,
Sous les traits d'une Sœur, un des anges du ciel!

O vous! nobles esprits qui vîntes auprès d'elle,
Chercher hélas! trop tard, un abri sous son aile :
Zurbara, Camoëns, infortuné Gilbert,
Le Tasse et toi, Moreau, que vous avez souffert!
Sur vos contemporains que la honte en retombe,
Car la haine et la faim ont creusé votre tombe!
Mais du moins une Sœur, qu'affligeaient vos tourments,
A consolé votre âme à vos derniers moments,
Retardé votre mort, souffert votre agonie,
Et de célestes pleurs honoré le génie!...

Ah! sous quels cieux jamais, dans quelle région
L'homme dut-il ces soins à sa religion?
Le Messie, en mourant sur la croix à Solyme,
Pouvait seul inspirer ce dévoûment sublime.

Des beautés, autrefois bien chères aux païens,
Desservaient les autels des temples pythiens...
Mais, pourquoi rappeler les prêtresses d'Athènes,
Malgré leur chasteté? Les vestales romaines,
Vierges qui se paraient de couronnes de fleurs,
Et dont la froide main n'essuyait point de pleurs?...
Chez les peuples fervents de ces âges antiques,
Des honneurs se rendaient aux vertus héroïques;

Là, comme les guerriers, les rois, les immortels,
La vierge du Seigneur aurait eu des autels !

Du pauvre en ses douleurs gardienne tutélaire,
Du vieillard, de l'enfant, refuge salutaire,
Dans ce siècle vénal et sans humanité,
Qu'elle est sainte à mes yeux la Sœur de Charité !
Frappés de ses vertus, de nombreux calvinistes (*)
Sont rentrés au bercail, pleins de contrition;
Que ne peut-elle encor de nos grands égoïstes
Ramener les cœurs durs à la compassion !

V.

O vous âme divine en bienfaits si féconde,
Qui donnez l'or du ciel aux pauvres de ce monde,
Et prêchez l'Evangile au riche, au pharisien,
Par l'exemple, ô ma Sœur ! que vous le prêchez bien !
Oui, vous prouvez qu'en vain de nos prétendus sages,
Pour trouver le bonheur on médite les pages ;
Que les chrétiens, entrés dans l'arche du Seigneur,
Voguent paisiblement vers un monde meilleur ;
Et qu'aux jours de périls, où sur eux fond l'orage,
L'ange qui les conduit affermit leur courage !...
Les nôtres en ces lieux sont bien amers pour vous,
Le plus humble artisan trouve les siens plus doux :
Sensible à tous les maux, étrangère à la joie,
D'un front serein pourtant vous suivez votre voie !...

VI

Fuyant le doux sommeil, lorsque sonne minuit,
Sous nos sombres arceaux la pitié vous conduit

Car alors on dirait que l'esprit de l'abîme
Avec plus de pouvoir harcèle sa victime.
A cette heure, on dirait qu'un essaim de démons
Environne le lit des pauvres moribonds;
Que pour servir la mort et conquérir des âmes,
Ces noirs esprits du mal ont déserté leurs flammes.
On entend à minuit plus de gémissements,
Du malade aux abois redoublent les tourments,
Et de Lazare alors les douleurs corrosives
Pénètrent dans la chair et cent fois sont plus vives.

Au seuil de cet enfer dès que vous paraissez,
Les esprits malfaisants soudain sont dispersés;
Ainsi, d'un voyageur traversant un lieu sombre,
Les assaillants surpris disparaissent dans l'ombre.
Alors cessent pour nous les terreurs de minuit;
Des sanglots, par degrés, s'apaise et meurt le bruit;
Vos lueurs, comme l'aube, éclairent la géhenne,
Et chacun, à vous voir, semble oublier sa peine.
Vous nous êtes si chère et vos traits sont si doux,
Que votre seul aspect est un bienfait pour nous!
Mais alors vous versez sur nos lèvres brûlantes,
Des breuvages divins aux vertus somnolentes;
Vous calmez nos douleurs par des baumes puissants,
Et rappelez la vie au sein d'agonisants!
Combien d'infortunés dont l'esquif fait naufrage,
Par vous sont ramenés sains et saufs au rivage!

Ah! quand vous le sauvez, est-il un malheureux
Qui le puisse être assez pour ne pas croire aux cieux!
Pour moi, des vains rhéteurs j'abjure les oracles,
Et je crois au Seigneur en voyant vos miracles.

Lorsqu'ainsi vous venez par un sublime effort,
Au milieu de la nuit lutter avec la mort,
Vous, beauté vierge et sainte, ici-bas sans égale !
Lorsque vous dérobez une âme qui s'exhale
Aux horreurs du trépas en lui montrant les cieux ;
Vous, la gloire du Christ, flambeau mystérieux !
Non, je ne gémis plus sous les voiles funèbres
De l'erreur, votre front dissipe mes ténèbres ;
En vous brille à mes yeux l'ange de vérité :
Je sens qu'il est au ciel une immortalité ! —

Heureux celui qui croit, celui dont le cœur aime !
Comme vous il est fort dans l'affliction même ;
Il brave les destins, souffre sans murmurer,
Et sent à ses douleurs qu'il a droit d'espérer.

VII.

Vous ne voulez de l'homme ici-bas rien attendre,
  Hors sa misère et ses maux à guérir ;
Mais, aux portes du ciel où vous devez vous rendre,
  Un chœur d'élus viendra vous accueillir.
Les Séraphins diront vos œuvres sur la terre,
Vos longs soupirs, vos pleurs, votre sublime vœu :
Et vous en recevrez l'ineffable salaire,
Au milieu des splendeurs du royaume de Dieu !

Paris, Hôpital Saint-Louis, 1842.

(*) *Génie du Christianisme*, t. III, p. 173.

A la Soeur Josephine,

ADIEUX DE PLUSIEURS ÉLÈVES ORPHELINES.

I.

Quand le soleil vient rendre à nos bois leur feuillage,
Aux oiseaux leurs doux nids et leur charmant ramage ;
Quand les arbres en fleurs, les coteaux reverdis,
Font de la terre entière un nouveau paradis,
Le Seigneur est loué : son œuvre est sa louange !!
De même, quel beau chant à la gloire d'un ange
Qu'une orpheline heureuse et priant en ce lieu !
Pouvait-elle vous voir et ne pas aimer Dieu ?
Vivre au rayonnement des splendeurs de votre âme,
Sans brûler, comme vous, d'une céleste flamme ?
Il est si doux d'aimer, de servir le Seigneur !
Si doux de le sentir habiter notre cœur,
Quand le prêtre en a fait un temple d'innocence !
Trop heureux le Chrétien qui vit en sa présence !...
Oh ! la Religion, cette reine des rois,
Comble de biens le pauvre attentif à ses lois.
C'est elle dont l'amour, la charité feconde,
Pour lui va moissonner chez les grands de ce monde ;
Elle qui dans la vie en tous lieux suit ses pas,
Le guérit, le console et l'assiste au trépas !
C'est elle qui s'émut à nos cris de misère,
Elle qui vous inspire et nous rend une mère !...

Mais ce mot, je le vois, au fond de votre cœur,
A réveillé soudain une vive douleur ;
Car le sort a repris ses droits sur vos aînées
Que vous tremblez de voir au malheur destinées !
Ne vous alarmez pas, pour l'avenir encor
Vos insignes bienfaits nous seront un trésor
Qui sans jamais tarir nous pourvoira sans cesse.
Vous nous avez donné bien plus que la richesse :
La ferveur du travail, la foi, l'humilité,
Avec des biens si vrais craint-on la pauvreté !
Oh ! si Dieu sous nos pas fait éclater l'orage,
Quels que soient les périls, nous aurons du courage ;
Et s'il nous faut vider la coupe des malheurs,
En le glorifiant nous essuirons nos pleurs.
Non, non, ne tremblez pas ; car vos saintes maximes
En lettres d'or pour nous luiront sur les abîmes ;
Car votre souvenir, spirituel mentor,
A travers les mondains guidera notre essor,
Nous rappelant toujours ce penser tutélaire
Que de notre vertu Dieu vous doit le salaire ;
Et ce penser divin au seuil de notre cœur,
Des assauts du démon sera toujours vainqueur.

II.

Honorons ici-bas les maîtres de l'enfance
De pénibles labeurs tous leurs jours sont remplis ;
En leur faisant aimer et sagesse et science ;
L'Esprit-Saint, avant nous, là-haut les a bénis !
Mais honorons surtout cette Religieuse,
Ange de charité, vierge mystérieuse,
Qui, voilant sa beauté sous la bure et le lin,
Instruit l'enfant du pauvre et nourrit l'orphelin !

BIBLIOTHÈQUE NATIONALE IMPR.

Miscellanea.

ADIEU !

Je ne vous verrai plus..... Oh ! ma peine est extrême !
Le sort m'éloigne de ces lieux
Où votre beauté brille, ainsi qu'un diadème,
Ainsi qu'un astre au sein des cieux !

Jamais d'un entretien je n'eus la grâce insigne !
Pourtant je pleure ce séjour
Où, dans un ciel d'azur et blanche comme un cygne,
Vous m'apparaissiez nuit et jour.

Une fois j'entendis votre voix angélique,
Dans le temple, chanter en chœur ;
Et votre voix, hélas ! comme un charme magique,
A porté le trouble en mon cœur.

Téméraire ! j'osai, là, parmi les plus belles,
Vous admirer un seul moment !
Vous étiez radieuse et je vous vis des ailes !...
Mais je chéris mon doux tourment.

Votre image du moins restera dans mon âme,
Et charmera mes tristes jours !
Là, je la vois sans cesse empreinte en traits de flamme,
Et je pourrai l'aimer toujours ?

A l'hymen, pour conquête, un jour si Dieu vous donne,
Vous serez un ange, à l'autel ;
Et votre époux aura, fier de votre couronne,
Trop de bonheur pour un mortel !.....

Je ne vous verrai plus.... Oh ! ma peine est extrême !
Le sort m'éloigne de ces lieux
Où votre beauté brille, ainsi qu'un diadème....
Hélas ! recevez mes adieux !

RÊVERIE.

Voyageur fatigué, reposant sous l'ombrage,
Ou rêveur qui des yeux suit le vol d'un nuage,
Il me semble parfois des cieux ouïr le chœur,
Comme un concert lointain retentir dans mon cœur.

A Mme DE SÉVIGNÉ

(Visite aux Rochers).

O noble Sévigné, qu'il m'est doux, en notre âge,
A ton brillant esprit de venir rendre hommage,
D'honorer ton grand cœur d'un souvenir pieux,
Et d'admirer tes traits conservés en ces lieux !

ILLUSIONS.

Au milieu des splendeurs du jardin de la terre,
Où l'amour lui sourit, où pendent des fruits d'or,
L'homme, jamais content, roule en soi sa chimère,
Demande au Créateur un plus beau monde encor !

En projets, en désirs, sans cesse il se tourmente,
Compose son bonheur de tout ce qu'il n'a pas ;
Et croit trouver des dieux pour ami, pour amante...
Mille déceptions renaissent sous ses pas !

Pourquoi rêver un ciel toujours inaccessible ?
Vers l'inconnu courir avec témérité ?
De ces illusions le réveil est terrible....
Le secret du bonheur est dans la vérité !

90

www.ingramcontent.com/pod-product-compliance
Ingram Content Group UK Ltd.
Pitfield, Milton Keynes, MK11 3LW, UK
UKHW020112240726
13926UKWH00011B/445

9 782014 072259